오래된 길이 돌아서서 나를 바라볼 때

오래된 길이 돌아서서 나를 바라볼 때

시인수첩 시인선 085

고두현 시집

여우난골

길

너머 길

새로운

별이

이토록

오래된

길에서

발화하다니!

2024년 2월

고두현

2부

3부

4부

5부

1부

길 밖에서 너를 기다리며

성을 쌓는 자 망하고
길을 내는 자 흥한다는데

성을 쌓으면 울이 자라고
길을 내면 새가 난다는데

한 봄 내내

울 안에 나를 가두고
길 밖에서 너를 기다렸구나.

맹인 안마사의 슬픔

우리를 가장 괴롭히는 사람이
누군지 아세요?

반맹이에요.

반쯤 맹인인 사람들.

독수리의 포란법

어떻게 알았을까
배가 불러오지도 않고
입덧을 하는 것도 아닌데

55일 동안 품고 있으면
마침내 알을 깨고 나온다는
저 위대한 믿음.

오래된 길이 돌아서서 나를 바라볼 때

늘 뒤따라오던 길이 나를 앞질러 가기 시작한다.
지나온 길은 직선 아니면 곡선
주저앉아 목 놓고 눈 감아도
이 길 아니면 저 길, 그랬던 길이
어느 날부터 여러 갈래 여러 각도로
내 앞을 질러간다.

아침엔 꿈틀대는 리본처럼 푸르게
저녁엔 칭칭대는 붕대처럼 하얗게
들판 지나 사막 지나 두 팔 벌리고
골짜기와 암벽 지나 성긴 돌 틈까지

물가에 비친 나뭇가지 따라 흔들리다가
바다 바깥 먼 항로를 마구 내달리다가
어느 날 낯빛을 바꾸면서 이 길이 맞느냐고
남 얘기하듯, 천연덕스레 내 얼굴을 바라보며
갈래갈래 절레절레

오래된 습관처럼 뒤따라오던 길이 갑자기
앞질러 가기 시작하다 잊은 듯
돌아서서 나에게 길을 묻는 낯선 풍경.

정년 직전

삼십오 년간 일정한 보폭으로 건너던 횡단보도에서
발목을 접질렸다. 갑자기 헐거워진 길
압박붕대로는 안 되겠어 벌침이라도 맞아야지
발등에 불 떨어질 때마다 화닥닥거리던 마음이
늘어난 인대만큼 느슨해진다.

남은 석 달은 출근 않고 골목길로 다니는 연습
첫 방학 맞은 학생처럼 첫 눈송이에 달뜬 강아지처럼
겨울 나는 동안 봄꽃 모종을 키우면서
산더미 원고들도 다시 비춰보면서

아침 버스 지하철도 한 시간쯤 더디 붐빌 거야.
줄어드는 가판대 신문 제호를 비추는 햇살이
부드러운 온열로 내 발목을 어루만질 때

이젠 신호등이 황급히 바뀌더라도 더 이상
화들짝거리지 않고 발목 접질릴 일 없이
길 위에 드러누운 흰 종이띠까지 천천히

들춰보며 지날 수 있을 거야.
바로 여기서 저기 저쪽까지.

풍란 절벽

소나무 뿌리 끝에 복령 덩어리도 금방 캐고
비 온 뒤 나무에 올라 목이버섯도 쉽게 따던
하석근 아저씨가 그날은 맞은편 절벽에서
진땀을 흘렸다. 미끄러운 바위 틈새
까마득히 오르느라 하얗게 질린 끝에
아슬아슬 풀 한 포기 안고 내려왔다.

무슨 풀인가 봤더니 석란(石蘭)보다 몇 배나 더
값을 쳐준다는 풍란(風蘭)이라 했다.

그냥 바위틈에 핀 석란보다
바람 먹고 자란 풍란이 귀하기는 하겠지만
갓난쟁이 딸 첫돌 맞은 지 이틀도 안 돼
천애 절벽 기어 올라갈 일은 아니었다.

어부들은 바다에서 짙은 해무를 만나 길을 잃었을 때
풍란꽃 향기를 맡고 육지가 가까운 걸 알았다는데

아서라, 풍랑도 없는 낭떠러지
돌무더기 떨어지듯 허망하게 스러지고 만
두 살배기 딸 새벽 산에 묻고 난 뒤
하석근 아저씨 다시는 풍란 절벽을 오르지 않았다.

풍란 잎사귀 하나가 백만 원까지 치솟던 시절이었다.

내가 마구간에서 태어났을 때

생의 첫 장면은 종종
믿을 수 없는 순간 펼쳐진다.

보리 흉년 젖배 곯던
명절 코앞 신새벽
하필이면 주인집 만삭

같은 용마루 아래
두 산모 해산 못 해
안채서 먼 마구간

소가 김을 뿜을 때마다
하얗게 빛나던 짚풀더미와
쇠스랑의 뿔

송아지 옹알이하며
구유 곁에 희부윰
드러눕고

그 짧은 부싯돌로
문틈 비추며 기웃
들여다보던 달빛.

망고 씨의 하루

지쳐 퇴근하던 길에
망고를 샀다.

다 먹고 나자
입안이 부풀었다.

저 달고 둥근 과즙 속에
납작칼을 품고 있었다니

아프리카로부터
여기까지 오는 동안

노예선을 탔구나.
너도.

우편함의 용도

어느 날부터
편지 대신
은행잎 드나들던 그곳

오늘 보니
낯익은 글귀
하나

여기
새 알 들었다
조심!

사랑에 빠진 비행사

우리 동네에는 버스 정류장 옆에 하나
골목 어귀 담배 가게 옆에 하나
빨간 우체통이 있다.

매일 한 번 오전 10시에 다녀가는 그는
예전엔 걸어다니다가 자전거로
이젠 오토바이로 붕붕 날아다닌다.

사랑에 빠진 비행사에게는
우주에서도 빨간 우체통이 제일 먼저
눈에 들어온다고

요즘 내 눈엔
어째 우체통만
빠알갛게 들어온다.

꽃자루에 꽃 하나씩 피는 목련

꽃 피는 데도 순서가 있다는데

네 끝에서 처음 피는 꽃과
내 속에서 마지막 피는 꽃이
물망초처럼 좌우 교대로 피는 순간은 언제일까.

우리 만나고 합치고 꽃 피우느라
이만큼 아래위 앞뒤 서로 부볐으니

이제는 누가 먼저 꽃씨 열매 품었는지
넌지시 속 보여줄 때도 되지 않았을라나 몰라.

붉은사슴뿔버섯을 본 적 있나요

새끼 사슴 뿔자리 가려워
자꾸 허공을 치받을 때
세 살부터 두개골 뚫고
하루 1인치씩 자라는 뼈

하늘 높이 치솟는 게 용의 뿔 같아서
녹용이라 부르지요. 동물 중 유일하게
뿔 속에 피가 흘러 단면이 붉답니다.

버섯 중에도 붉디붉은 속뼈처럼
뇌쇄적인 붉은사슴뿔버섯이 있는데요.
봄 타는 사람 눈엔 영지버섯 닮았지만
내막은 치명적인 맹독성에
별명도 속 뒤집히는 화염버섯이지요.

그래도 전혀 쓸모가 없진 않아
강력한 독성으로 암세포 죽이는
항암제로 유용하죠.

화염산 봄꽃 필 때
변성기 직전 사춘기 사슴과
울대처럼 붉게 피는
용뿔 모양 뿔버섯이 운 좋게
만나는 장면을 가끔은 볼 수도 있답니다.

튤립 뿌리에선 종소리가 난다

겨울이 지난 뒤에야 알았네.
전쟁의 신 마르스도 정원지기였다는 걸.

누군가는 지하 무덤에 들고
누군가는 지상 봉분에 눕지.
꽃의 알뿌리는 봉분을 닮았네.
혹한에 몸 눕히고 뿌리로 남아
대지에 입을 물리는 어머니 젖무덤 같은 것.

지난겨울은 혹독했지. 발밑으로
흙덩이를 뭉치며 나는 땅속 깊이 집을 지었네.
그래서 내 몸에선 둥근 소리가 나지.
눈과 코, 심장을 도는 물관들이
내 뿌리를 둥글게 감싸듯 내 입도 둥글다네.

그곳에서 벌레들만 아는 비밀을 공유하며
천둥과 태풍, 눈보라 닮은 씨눈을 준비했지.
알뿌리의 운명은 때로 가혹하면서도 따뜻해

봄 정원에 앉으면 꽃에서 구근 냄새가 난다네.

튤립 뿌리들이 땅 밑에서 겨울을 나는 동안
우주 저편에서 숨죽이던 별,
하늘정원의 별똥만 한 구근으로 빛나고
내 몸에서는 종일 둥근 소리가 난다네.

누군가의 봉분 같고 누군가의 젖가슴 같은
깊고 낮은 종소리.

2부

그 말
―시경(詩經) 필사

어젯밤 썼다 지운 묵적
세검정 계곡에 헹구고

다시 쓰네
그 말

물건은 새 것을 찾고
사람은 오래된 것을 찾는다고.

망덕포구에 그가 산다
—윤동주 유고 지킨 정병욱의 전언

섬진강 물굽이가 남해로 몸을 트는
망덕포구 나루터에 어릴 적 내 집이 있네.
강물이 몸을 한껏 구부렸다 펼 때마다
마루 아래 웅웅대며 입 벌리는 질항아리
그 속에 그가 사네.

강폭을 거슬러 올라 서울 가던 그해
압록강 먼저 건너 손잡아준 북간도 친구
함께 헤던 별무리처럼 그가 지금 살고 있네.
시집 원고 건네주며 밤새워 뒤척이다
참회록 몰래 쓰고 바다 건너 떠난 그를
학병에 징집되어 뒤따라가던 그날 저녁
어머니 이 원고를 목숨처럼 간직해 주오
우리 둘 다 돌아오지 못하거든
조국이 독립할 때 세상에 알려주오

그는 죽고 나는 살아
캄캄한 바닷길을 미친 듯이 달려온 날

어머니 마룻장 뜯고 항아리에서 꺼낸 유고
순사들 구두 소리 공출미 찾는 소리
철컥대는 칼자루 밑에 숨죽이고 견딘 별빛
행여나 습기 찰까 물안개에 몸 눅을까
볏짚 더미로 살과 뼈를 말리던 밤이
만조의 물비늘 위로 달빛보다 희디희네.

후쿠오카 창살 벽에 하얗게 기대서서
간조의 뻘에 갇혀 오가지 못하던 그
오사카 방공포대서 살아남은 나를 두고
남의 땅 육첩방에 숨어 쓴 모국어가
밤마다 우웅우웅 소리 내며 몸을 트네.
하루 두 번 물때 맞춰 아직도 잘 있는지
마룻장 다시 뜯고 항아리에 제 입을 맞추는
그가 거기 살고 있네.

신발이 지나간 자리
—정병욱의 이력(履歷)

그가 태어난 남해 설천 문항리
집은 없어지고 옛터 위로 찻길이 나 있었네.

그때 사립문 밀고 나간 신발은 어디로 갔을까. 만세 운
동 아버지 거제로 하동으로 쫓겨가던 길섶마다 고무신
자국 오종종종 따라 걷던 어린 신발, 여수 광양 망덕포
구 양조장집 댓돌에서 동래고보 연희전문 누상동 북아
현동 노숙의 밤 함께 지샌 기룬 신발,

학병 갈 때 맡긴 동주 원고 어머니 마루 밑에 감춘 사
연, 전장서 죽었다 돌아온 날 깜깜한 항아리 속 불 밝히
며 웃던 신발, 제 책보다 동주 시집 먼저 내고 부산대 서
울대 하버드 파리대 오가면서 한국문학 브리태니커백과
에 등재하고, 두 다리 한번 뻗어보지 못한 그 신발 없었
다면 국어국문학회며 시조문학사전 국문학산고 한국고
전시가론 다 없었을 테니

백 년 전 그 길 따라 나도 함께 걸었던가. 남해 서면

우물 지나 상주 금산 삼동 물건 코 묻은 미투리로 포항
마산 서울 간도 도쿄 교토 오사카 후쿠오카 역사의 고비
마다 한 백 년 콕콕 구두점을 찍어가며, 빛바랜 신발 자
국 맨발을 맞대보다 백고무신 옆구리에 비친 옛집 처마
의 푸른 그늘을 만져 보다

　눈 덮인 시내에 글 읽는 소리 미끄러지듯 코 닳은 신발
끝에 허리 낮춰 몸 치수 재듯 설천면 문항 마을 흰 손을
마주 잡고 흥얼흥얼 흔들면서 은하수 물길 너머 한세상
다시 찾아 떠나기도 하였던가.

굴라재 활불 사건

-나, 만해

젊은 시절이었지.
만주 굴라재 고개 넘다
머리에 총 맞은 그날.

독립군 후보생들이었어.
작은 키에 까까머리 나를
일본 밀정으로 오인했다는

그들이 무릎 꿇고 비는 동안
나도 빌었지. 마취 없이 수술 받는 나보다
칼 쥔 손 먼저 기도해 달라고.

김동삼이라고 했던가. 맞아.
그의 손이 자꾸 떨리는 걸 보았어.
뒷걸음치는 흰 소의 눈망울 같았지.

수술 마친 그가 낮게 외쳤어.
활불(活佛)일세! 그러나 이후

나는 평생 고개 흔드는 체머리로 살아야 했지.

서대문형무소에서 그가 죽은 날
북정 고개 넘어 싣고 와서는
내 방에 모시고 오일장을 치렀지.

일생에 딱 한 번 그때 울었어.
그는 쉰아홉, 나는 쉰여덟.
광복 8년 전이었지.

지금 생각하니
죽어서 더 오래 산
그가 진짜 활불이었어.

고개가 흔들릴 때마다
한 땀씩 그가 내 머리에 새겨놓은
만주의 햇살이 그립기도 해.

그땐 젊어서

마취 없이도 세상 견딜 만했지.

하루하루가 활불이었어. 그때 우리는.

심우장(尋牛莊) 가는 길
─만해시편

멀다.

아직도 골목을 맴돌며
소를 찾아 헤매는

저 빈집의
오랜

침묵!

북정마을

－만해시편

하필 북향 터라니

푸른 산빛을 깨친
단풍나무 숲은 어디 가고

늙은 향나무 소나무만
지붕 밑을 기웃거리고 있다.

북향집에는
해가 빨리 진다.

나뭇잎들이 가리키는
손가락 따라

일제히 마을을 덮는
산 그리메.

북창에 살풋

그대 그림자가 어린다.

목련이 북향으로 피는 까닭

해마다
목련이 북향으로 피는 것은
햇살 잘 받는
남쪽 잎부터 자라기 때문이네.

내 마음
남쪽서 망울져 북쪽으로 벙그는 건
그대 사는 윗마을에
봄이 먼저 닿는 까닭이네.

가사(歌辭) 읽는 저녁

해질녘 성산별곡 읽다가
송강 가사(歌辭) 이리도 맑아
관동별곡 사미인곡 속미인곡까지
내쳐 펼치다가

장진주사 마지막 구에서
악보 덮고 먼 산을 보네.
하물며 무덤 위에 잔나비 휘파람 불 제
뉘우친들 무엇하리.

그도 한때 적소에서 자랐거늘
사화(士禍)로 죽은 이가 오백에 이르는데
어찌하여 옥사(獄事)에 쓸린 이가
또 천 명을 넘는단 말인가.

갈매나무 백석, 흰 바람벽을 타고
—남신의주 유동에서 남해 통영까지

싸락눈이 문창을 치는 목수 집
남신의주 유동 박시봉 방은 잘 있는지요.
질화로 다가 끼며 무릎 꿇는 저녁
하이야니 눈을 맞는 마른 잎새는 또 어떠신지요.

갈매나무마냥 키가 커서
백석 백석
은하 가득 흰 돛배가 떠서
백 척 백 척

남쪽 끝 통영엔 동백나무 푸른 물
밤새껏 솟아나고 오구작작 물 긷는 소리
동백꽃 피는 철에 타관 시집을 갈 것 같던
난이는 마른 팔뚝에 새파란 핏줄 보며
붉디붉게 타고 있는데요.

소라방등마냥 얼굴이 붉어서
백석 백석

자다가도 일어나 가고 싶어
백 척 백 척

유동을 휘어감은 버드나무 가지처럼
이곳 동백도 벙긋벙긋 팔 벌리는데
일정(日井) 월정(月井) 우물 두 개
명정(明井) 샘으로 합수하듯

열나흘 달을 업고 손방아만 찧던 사람
이제는 생각만 말고 일어나 업으셔요.
동피랑 넘어 서피랑 어귀
명정골에 살뜰하니 신혼 방을 차리게요.

백석 백석
새벽 거리 북 쾅쾅 울고
백 척 백 척
바다에는 뽕뽕 배가 울고

부드럽고 수수하고 슴슴한 국수 함께
흰 바람벽이 일어서고
뱃사공 주저앉던 돌층계도 춤을 추게
굳고 정한 갈매나무 쌀랑쌀랑 춤을 추게

백석 백석
백 척 백 척
어서 어서 백석 백석
줄지어서 백 척 백 척······

* 백석 시 「남신의주 유동 박시봉방」과 「통영」을 오마주함.

적과 흑

낮에는 밤을 섬기고
밤에는 낮을 섬기며

밀실 속에 광장을 가두고
노래 속에 혀를 가두며

몰락한 왕조의 기둥 아래
붉은 뒷배를 감추느라

얼굴 두껍고 속 시커먼
후흑(厚黑)까지 섬기다니.

대웅성좌, 옥천
—지용의 별

녹번 초당에서 옥천 하계
오백 리 길 따라온 황도 십이궁이
실개천에 걸렸다.

흰 소 타고 천궁 지나는 궁수가
시위를 당기는 순간 물고기별이 처녀궁에 들고
대웅성좌(大熊星座)가 십오 도쯤 기운다.
그 아래 유리창을 닦으며
물 먹은 별에 볼을 부비는 당신이 보이고……

찬물에 씻기어 사금을 흘리는 은하!*
참방이며 자맥질하는 목동자리 따라
너울대는 물소리 깊어갈 때
별똥별 휘광처럼 정수리에 꽂히는 말

너도 어린별을 잃었구나.
별에서 나 별로 돌아가는 길이
몇 백 광년보다 아득해서

이렇게 잠들지 못하고 헤매었구나.

태어나기 전 먼 길 떠난 배냇별 하나
지금 큰곰자리 꼬리별로 반짝이며 잘 있다고
사철 내내 그곳에서 깜박깜박 빛난다고
다독이며 일러주는 그 말에 귀가 번쩍

나도 한때 그이마냥
밤길 지쳐 달려왔다가
새근새근 숨소리, 어린 별빛 더 푸르르길
흰 옷깃 두 손 여며 별자리에 모으는 밤.

* 정지용의 「별 2」에서 인용.

배는 묶어 타고 집은 사서 들라

배는 묶어 타고
집은 사서 들라.

모시밭 한편에 집 앉히고 나서
아버지 말씀하셨지.

젊은 날 북방까지 짊어지고 간 집들
하나둘 허물어지는 것 볼 때마다
가슴속 기둥 들보 쓰러지는 것 볼 때마다
주추 다시 박으면서 한사코 놓지 않던 그것

개간밭 벌목장보다 더 힘겨운 게
쓰러진 집 일으켜 세우는 것이라고
몸 다 잃고 돌아온 고향에서도
끝내 버리지 못한 그것
볏짚 지붕 이으며 또 한 말씀 하셨지.

집도 절도 없이 헤매던 시절

더부살이 눈물겨운 나는
그 속 모르고 고비마다 맨땅에 삽을 박고
빈터만 보면 집 짓고 싶어
셈도 없이 무모한 삽질을 하고

오늘도 아버지 것보다 무거운 기둥
힘겹게 밀어 올리는데
꿈엔 듯 모시밭에선 듯
다시 들리는 정수리 경전

그러니 배는 묶어서 타고
집은 꼭 사서 들어라.
물이 새면 배 가라앉고
몸 상하면 집도 곧 무너지느니.

구운몽길 억새꽃

한밤중 오줌 누러 깼다가 마주친 어머니
어딜 급히 다녀오시는 걸까.

아랫말 애 배앓이 심하다 해서
좀 만져주고 오는 길이제.

이불 밑 손 넣으며 마주 앉는 머리 위에
흰 풀꽃 같은 가루가 드문드문.

한참 뒤에야 알았다. 그 집 마루 끝
쌀 한 말 몰래 갖다 놓고 온 사연.

정수리께 비듬처럼 빛나던 꽃가루
급히 이고 가면서 묻힌 쌀가루 흔적.

늦가을 서포 따라 혼자 걷다 마주친 억새꽃
어딜 저리 급히 가시는 걸까.

남해 바다 물무늬 위로 흰 쌀가루처럼
뽀얗게 앞서가는 구운몽길 한 어귀.

3부

우득 씨의 열한 시 반

또 늦는다는 택배 문자
저녁 아홉 시까지는 종료해야 하는데
밤 열한 시 반까지 갖다 드리겠다고
양해 바란다고 또 주억거리며
고개 숙이는 문자 앞에서 한풀 더 죽는
우득 씨

손가락 빈틈으로 박스 안간힘 내리고 올리며
짐수레 옮기는 우득 씨의 퇴근 시간은 늘
열한 시 반, 그제사 집으로 배달되는
마지막 택배는 그의 몸뚱아리

그래도 출근은 빨라 남보다 한 시간 먼저
일 시작하는데 언제쯤 아홉 시에 끝낼 수 있을까
문자도 깔끔하게 마감할 수 있을까
아킬레스건 한 줄 끊어진 뒤로 한사코
뒤꿈치 절룩이는 걸 숨기며 걷는
우리 동네 우득 씨.

빨간색 차만 보면

경남 통영 한 마을
빨간색 승용차 문에 누가 자꾸
돈을 끼워두고 사라진다.

며칠 전에 만 원, 그 전엔 5만 원,
오늘은 족발 담은 비닐봉지까지
꼬깃꼬깃 접은 마음 어찌하나 어찌하나.

돌려줄 길 없어 지구대 찾았더니
폐쇄회로 속 할머니
홀로 육 남매 키운 치매 초기
아들 차와 같은 색 차만 보면
운전석 손잡이에 돈을 끼워 넣는다.

공부 못 시킨 것이 너무 미안해서
용돈하고 먹을 것 좀
놔두고 왔지……

그러면서 돌려받은 21만 원
또 치마 속에 꼬깃꼬깃 접어 넣는다.

방호복 화투

삼육서울병원 코로나 병동
백발 중증 치매 할머니
전신 방호복 젊은 간호사
마주 앉아 화투장 펴고 꽃 그림 맞추네.

코로나 고열 폐렴 지친 할머니
낙상할까 바닥 편 매트리스 화투판
낯익은 온돌 같은 와식 병상

숨쉬기 힘든 방호복
보호경 낀 손녀뻘 앞에
젊은 날 꽃 시절 곰곰 맞추며
진지하게 패 고르는 굽은 손가락

한두 시간 돌고 돌던 화투패 바뀌고
방호복도 한둘씩 돌아가며 바뀌고
화투판이 색칠 놀이로 또 바뀌고
그 덕분에 할머니도 바뀌고

기력 차린 날 색연필로 손주 이름
이름 끝에 사랑해 사랑해
그렇게 보름 동안 꽃 그림 맞춘 뒤로
할머니 음성 판정 집으로 돌아가고

젊은 간호사 새색시 닮은
아흔셋 중증 치매 집으로 가고
함께 놀던 구월 국화 시월 단풍
둥두렷한 팔월 공산도 함께 가고

그리운 집으로
돌아가고 돌아가고
마침내
돌아가고……

노숙인과 천사

—서울역, 2021년 1월 18일 오전 10시 30분

갑자기 눈이 쏟아졌다.
낡은 수면 바지, 얼룩진 군복 상의
해진 운동화 차림의 노숙인이 구부정히 서 있다.
모두들 종종걸음

한 남자가 멈춰 섰다.
잠시 후 외투를 벗어 입혀 줬다.
주머니를 뒤져 장갑을 꺼내 줬다.
또 무언가를 건넸다.
오만 원짜리였다.

소낙눈 피해 서울역 지붕 밑에 섰던
사진기자가 그 모습 발견하고
정신없이 셔터를 눌렀다.
34초간 27장, 날리는 눈송이 때문에
핀이 맞은 사진은 몇 장 되지 않았다.

그사이에 사람들은 중계하듯 말했다.

잠바를 벗어 주네, 장갑도 줬어, 이야 돈까지……
사진이 제대로 찍혔는지 살펴본 기자가
황급히 쫓아갔지만 남자는 총총히 사라졌다.

아무 일도 없었던 듯
그 자리를 눈발이 하루 종일
솜이불처럼 덮었다.

눈 녹이는 남자

북극 한파 폭설로
꽁꽁 언 새벽

느닷없는 굉음에
문 열고 내다보니
연막소독기 같은 화염방사기로
빙판길을 녹이는 사내.

두 시간 넘게 화통을 쏜 그가
이마를 훔치는 동안
도심 건물 사이로
김이 모락 피어났다.

밤새워 지구 발바닥 덥히고
단잠에 빠진 사내.

무사히 일과를 끝낸 뒤
또 누구 어깨 다독이는지

가끔씩 팔을 움찔거리며
한쪽 입술을 실룩이며

꿈속에서도 화통을 쏘는지
코 고는 소리 요란한
저 눈밭의 성자.

방사기를 짊어진 채
모로 누운 그의 등에서도
김이 모락 피어났다.

가불 시대
—사소한 풍경

"젊은 날 월급 가불할 땐 희망이라도 있었지. 이 나이에 국민연금까지 가불하다니 참……"

철공소 퇴직하고 일용직 전전하던 김 씨, 수술비 500만 원 못 구해 국민연금 담보로 대출을 받았다. 원금 이자는 매월 연금에서 떼기로 했다. "대출 한도가 천만 원이라는데 그거까지 다 쓴 사람도 많아. 아, 작년보다 신청자가 두 배나 몰렸다더만 올해."

"아, 성님은 그래도 나아유. 저는 육십꺼정 못 기다려서 오 년 먼저 땡겨 썼더니 연금 액수가 팍 줄었잖여. 나같이 손해 보고도 조기 수령하는 사람이 일 년에 사만 명이라던가 오만 명이라던가. 하류노인들 다 된 겨."

"거, 다시는 치킨집 같은 거 하지도 말어."

"아, 엄니 요양비는 어쩔거유."

"옛날 사람들 '노년 빈곤은 소년등과, 중년 사별보다 더 불행하다'더니만. 쥐꼬리 연금에 실버론 원리금까지 떼고 나면 손가락만 빨게 생겼…… 어? 근데 넌 어째 벌써 오

70

냐? 그건 또 뭐꼬?"

여기저기 메뚜기 알바 뛰던 막내 놈이 치킨 봉지를 흔들며 들어오더니 "ㅎㅎ, 일주일 알바비 미리 달라 했죠. 스마트폰 바꾸고, 좀 남았어요." 했다.

"아, 참. 판잣집도 된대요. 주택연금, 나라에 집 맡기고 달마다 가불해서 쓰는 거 있잖아요. 역모기지론이라는 거. 죽을 때까지 따박따박 나온다던데……"

연이은 폭염주의보에 선풍기 모터가 타는 여름, 산꼭대기 전봇대가 등 살갗처럼 익어가는 어스름 저녁이었다.

아주 비극적인 유머

어쩌다 허기가 요의와 함께
어처구니없이 몰려와
사다리와 옥상과 빨랫줄을
한꺼번에 흔들다니,

어쩌면 비극의 한복판에
믿을 수 없는 유머 코드가 새겨져 있는지
오아시스 같은 틈새가 죽음 직전에
솜사탕 너머 구름 사이로 반짝,

극단적인 선택 직전에 만난
이 촌극
대책 없이 쏟아지는 극단적 사태라니!

숨

올림픽 금
궁사 김제덕이
시위 메우며 숨 멈추고
과녁의 거리를 재는 동안
심박수가 분당 170까지 뛰었다.
평소의 세 배였다.

꿀벌보다 빨리
날개춤 추는 벌새가
꽃술 앞에 정지 자세로
꿀을 빨아들이는 순간
심박수가 1,000을 넘었다.
휴식 때의 스무 배였다.

둘 다
깃발 속에 바람을 감추고
들숨 날숨
한 번밖에 쉬지 않았다.

젓갈장수와 나무장수
─오래된 현재

아침 해 등지고
마포에서 달려가는
젓갈장수 뒷목이 붉고

아침 해 마주보며
아차산서 달려오는
나무장수 이마가 붉고

두 집 딸 아들 서로
뒷목 이마 가려 주며

저녁 해 손차양하고
칠패시장 어귀에서

패물 고르느라
연신 까르륵대는

옛 사진 속 두 귓불이

우련 붉어서 좋아라.

마포 어부의 딸, 주꾸미

봄날 마포 주꾸미 집 '어부의 딸'
주꾸미는 쭈꾸미라 불러야 제맛이지.
쭈쭈쭈 꾸러미째 미끄러지는 그 맛
자세히 보면 다리 위에 황금 반지 두른 금테 무늬
익을 땐 햅쌀같이 툭툭 튀는 밥알을 품고 있지.
그 연한 몸에 먹물 감추고 가끔
세상을 시커멓게 들었다 놓기도 하지.

혹, 태안 앞바다에서 왔나……
소라 껍데기에 알 낳고 모래자갈로 집 막다가
어느 날 뻘밭 속 자기 접시로 막는 바람에
고려청자 수만 점 발견하게 해 준 보물선 주꾸미.
사람들은 주꾸미 공덕비를 세우자고 했지만
정작 알과 청자를 뺏긴 채 공판장으로 팔려 나가고
보상금은 어부가 받았지.

그날도 오늘 같은 봄, 네가 물고 온 청자처럼
금테 두른 밥상 안고 세상 한 판씩 뒤집다 보면

나도 저 깊은 먹물 속 시커먼 파도 한 채 뒤집을 수 있
을까.
  공덕비는 고사하고 꾸불텅꾸불텅 불판이나 달구다가
  까무룩 생각에 잠기는데
  절간 곁방 얹혀살던 어린 날
  학교 못 간 부끄러움보다 배고픔 더 염치없던 그날

  쭈뼛쭈뼛 공판장 어귀에서
  버려진 주꾸미 다리 몰래 주워 감추다가
  눈 딱 마주친 동갑내기 어부의 딸
  쯔쯔쯔, 꾸물꾸물, 미열 속의 그 계집애
  숯막 뒤에서 구워주던 주꾸미 연기에
  눈물 콧물 사레들려 목이 메던 그
  바닷가 흐린 저녁을 슬몃 떠올리는 봄날.

애간장

무쇠 더위에
녹는 게
염소 뿔뿐이겠는가.

갈라진 거북등
논밭뿐이겠는가.

끊어지고 졸아들고
타들어 가는 게

그것뿐이겠는가.
어디.

상강(霜降) 아침

발밑 어두운 줄 모르고
고개 빳빳이 들고 다니다
바삭,
서릿발
밟은 아침

아뿔싸,
지금
땅속으로
막 동면할 벌레들
숨어드는 때 아닌가.

서릿발

서리는 위에서 내리지만
서릿발은 아래서 솟는다.

추상같은 호령이 권력 타고 내릴 때
온 들판 흙 밑에서 송곳처럼 솟는 발.

언 땅 밀어 올리는 보습날 쟁기날이
서슬 퍼런 칼날보다 더 빛난다는 걸

위아래 바꿔보지 않은 사람이
어찌 알겠느냐고

눈에도 꽃이 피고 얼음에도 꽃 피지만
서리에선 가시가 돋는다고

무서리 세 번에 된서리 온 날
객토 마친 일꾼들 새벽길 나서면서

바작바작 그림자를 밟고 가는
저 뒷모습 좀 보게.

서릿발 서릿발.

여왕의 홀

의전장이 지팡이를 부러뜨리며
왕을 위한 복무가 끝났다는 것을 알리자
백파이프 연주가 울리고 왕실 납골당으로
관이 내려갔다.

황금과 다이아몬드로 만든 왕홀은 어디로 갔을까.
어린 여왕의 왕관과 함께 70년을 지낸 황금 막대
단풍나무 가지보다 붉고
사시나무 잎보다 창백한 금박의 봉.

왕이 묻힌 땅 밑에서 은행나무 화석 한 줌
계절이 바뀔 때마다 거대한 눈을 뜨고
수장고 문틈으로 노을을 훔쳐보며
세기의 박물관 지붕을 타고 오르는 구름 기둥.

왕홀의 복무가 끝났을 때를 알리는 날이 오면
저 기둥 끝에 반짝이는 금싸라기는
어디로 가고 새로 고용된 의전장은

또 어떤 지팡이를 부러뜨릴까.

4부

아사(餓死)

암사자 사냥해 온 것 먹고
교미만 하다

새끼 죽이고
저마저 죽이는

저
백수제왕의 최후.

네가 오기 전에는 항상

창문 사이 먼지들이 실눈을 뜨고
장롱 뒤 좀나방이 속곳을 펴고

쌀통 속 좁쌀누에가 하품을 하고
화분 속 잔뿌리는 자박자박 춤을 추고

울타리엔 둥근 바람 옷섶을 젖히고
강가에는 버들가지 솜털 눈이 함박

꽃가지엔 부푼 잎이 차곡차곡
네거리엔 어린 깃발이 소곤소곤

도시 저편 땅 밑에도 두런두런 햇살들
탱크 너머 참호 속엔 알약처럼 흰 안개

그 사이 눈이 녹고 몸이 부푼 흙담 지나
오래된 전염병이 열을 지어 철군하고

비로소 입마개를 벗은 나무들이
숲속으로 젊은 남녀를 하나씩 불러들이고……

처음인 듯 짐짓
봄이 오기 전에 항상 먼저 일어나는 일들.

일용할 양식

알 낳기 전 모기는
1초에 800번 날갯짓하며
제 몸 날려 애애애앵
피를 빨고

모기보다 열 배 큰 벌새는
1초에 90번 날개 치며
공중에 서 부우우웅
꿀을 빨고

벌새의 이만 배나 되는 나는
1초에 한 번 치는 심장에도
오만 생각 우우우우
벌렁거리고

하루 한 끼
밥 버는 일이 어찌 이리
다를까만

이마저 알에서 나와
날개 처음 파닥이던
그날처럼 떨리는 일

광속의 저 별빛도
지상의 방 한 칸
밝힐 때까지

날갯짓 수천만 번
심장도 그만큼
펄떡이며 뛰었으리.

오디주와 뽕잎차가 함께 익는 밤

－펜션지기 시인의 집

첫서리에 뽕잎 따 말리다가
누에고치처럼 잠든 날 많았으리.
남해 창선 당항 바닷가에 펜션 짓고
짜락짜락 물소리로 뽕잎차만 달이던 그가
모처럼 환하게 웃었다.

몇 년 만인가. 상전이 벽해되고 또 상전 되는
지난 시절이 갯벌에 겹쳐 눕고
후박 잎 사이로 별이 후둑 떨어졌다.
장작불에 비친 돌이 그 빛을 되받아 올릴 때
코로나로 텅 빈 집에서 그는 하루에도 몇 번씩
돌을 옮겨 앉히며 외로움을 견뎠다고 했다.

그가 갯배 타고 잡은 키조개 살을 내놓자
또 다른 그가 오디 항아리를 열었다.
오래된 뽕나무에 맺히는 상황버섯 향이 났다.
오늘은 좀 덜 외로워도 괜찮겠다고 그가 말하는 순간

또 다른 그가 모가지만 빼고 땅에 파묻혔던 이야기를
꺼냈다. 빗더미보다 더 무거운 흙더미
턱밑까지 파고든 삽날을 딛고 살아난 뒤
아내 몰래 양복을 사 입고 귀가하던 밤에도
깜깜한 오디 알이 후둑 떨어졌던가.

옛날엔 뽕나무로 활을 만들었다는데
오래된 오디 향이 붉게 타는 사이
별똥별이 시위 떠난 화살처럼 빗금을 긋고
잘록한 허릿매에 닷되들이 항아리만 한
슬픔이 동대만 물결 위로 어룽져 흘렀다.

살다 보면 마음 밭이 뽕잎보다
물소리에 젖어 너울거릴 때가 있다고,
아내가 글 쓰는 곁에서 몸 쓰며 견딘 세월이
오늘처럼 오디주와 뽕잎차로 익는 밤에는
상전이 벽해되는 일도 가끔 있다고,
누에 실처럼 가지런한 목소리로 그가 말했다.

귓바퀴를 한껏 오므리며

나무는 자라면서 커다란 소리를 내지.
나선으로 뻗는 잔뿌리들
달팽이관처럼 뜨겁게 울지.
그 소리 땅 밑까지 용암에 가 닿고
천둥 치는 밤엔 일시에 얼어붙어
바위로 굳기도 하지.

지구 내막을 촘촘하게 기억하며
내색 없이 자라는 나무들.
무논에 피는 벼가
농부 발자국 소리 듣고 자라듯
흙의 땅심 움켜쥐고
나도 그렇게 견뎌왔지.

가끔씩 외풍 심한 날엔
몸을 잔뜩 웅크리고
이팝나무 흰 꽃 피는 소리
은밀하게 알아듣는 저 아이들

배고픈 노래 같은 웅얼거림에
귓바퀴를 한껏 오므리기도 하면서 말야.

이사철

알을 품을 시기에
둥지를 옮겨 다니는
새를 본 적 있는가.

그가 물었다.

번식후기를 위해
번식기를 희생하는
동물이 따로 있긴 하다.

마스크 대화

모두가
입을 가리니

비로소

눈이
보이네.

늦게 온 광석이
−유자 아홉 사리 아홉

늦게 왔다. 광석이도 이등병의 편지도
방천시장을 밝히던 번개전업사 불빛도
남쪽 섬 먼 길을 해풍과 함께 도착한
어머님 안부처럼 늦게 도착했다.
서른 즈음 우리가 울고 웃던 그 거리
광야에서 다 하지 못한 노래도 늦게야 왔다.

흐린 하늘에 써서 부친 옛 편지들
먼지가 되어 구름 아래 흩어지고
일어나 일어나 기다려 줘 기다려 줘
천 번도 넘게 학전을 울리던 목소리
속엣것보다 포장 더 무겁게 담아 보낸
그 겨울 소포처럼 다 펼치지 못했는데

아, 너무 아픈 사랑은 사랑이 아니었네.
남해산 유자 아홉 네가 남긴 사리 아홉
별이 되고 꽃이 되어 이렇게 변해가네.
늦게 온 소포마냥 늦게 온 눈발마냥

글썽글썽 변해가네 새벽하늘 변해가네.

우릴 둘러싼 모든 것 너무 빨리 변해가네.

유쾌한 벌초

이렇게 화창한
공원묘지
봉긋봉긋 다정한 무덤

손등
어루만질 때마다
움찔거리는 배꼽

언제 다 벗기나
혼자서
저 많은 배냇저고리

구름이 옷섶 열고
풀섶을
쓰다듬는 동안

스스로
움직일 수 없는 것들이

하나둘 몸을 풀고

샛바람
소매 끝동으로
손바닥이 길바닥을 밀고 가네.

뿌리가 뿌리에게

이탈리아 왕자 이름을 딴 산세베리아는
공기 정화 식물 중 최상급이지만
물을 많이 주면 뿌리가 상한다.
반년쯤 물 안 줘도 잘만 사는 녀석을
물 먹여서 죽이고 말았구나.

사막에서 자라는 메스키트는 땅 밑 육십 미터까지
발 뻗고 지하수를 끌어올린다는데
세상에서 가장 많은 뿌리를 지닌 포아풀은
황무지 아래 육백 미터까지 수염뿌릴 뻗는다는데
옷감 짜는 띠풀 뿌리로도 성벽 돌을 쌓는다는데

진짜 내 뿌리는 어디 있는 걸까.
외딴섬과 내륙과 대륙을 거쳐 남극과 북극을 잇는
이 행성의 기원은 어디에 닿아 있는 걸까.
흘러간 날과 남은 날의 접점에선 무슨 꽃이 피는가.
불의와 정의, 공정과 부정, 승리와 패배의
허리띠 밑에는 어떤 피가 흐르는가.

안개 속에 갇힌 강물과 군중 속에 포위된 광장과
비둘기 떼가 치고 지나가는 쇠종의 울림과
탑신과 뾰족구두 사이에서 거꾸로 춤을 추는 황혼,
메타버스와 인공지능의 날개 위에서 광채를 뿜는
저 깃발 끝에는 어떤 희귀 광물 냄새가 배어 있는가.

이렇게 살아남은 풀뿌리들이 일제히
제국의 시민들이 외치는 구호와 미사일의 광기를 넘어
검문소 밖으로 몰려가는 광경을 보면서
첫 갈비뼈의 골절 자국을 골똘히 주무르면서
산세베리아 죽은 뿌리를 오래도록 만져보는
늦가을 저녁.

매미 옷을 들춰 보다

어떻게 견뎠을까.
독한 시절
마스크도 없이

땅 밑 칠 년
땅 위 한 달

얼마나 울었으면
허물 벗고 입 벌린 채
평생 울던 그 자세로

겉옷만 놓고 간
곡비집 아들

숨어 살던 빈 지붕
들춰 보니 그래도
나무껍질 속에

은밀한 알

따뜻한 속옷처럼

남모를 비밀이 소복.

철로역정(鐵路歷程)

그리운 소식 먼저 억새 가을 내려오고
보고픈 얼굴 먼저 봄꽃 바람 올라가면
허리춤에 마쳐 총 자국
동여맨 흰 띠 위로 민들레가 피겠지요.

선대 가산 한데 모아 경원선 철길 타고
원산 함흥 김천 청진 북관의 단선 열차
강 건너 간도까지 한달음에 갔던 그 길
꿈꾸던 기둥은커녕 학교 터도 다 못 닦고
몸 버린 채 절망했던 그 밤은 처연했죠.
돌아올 땐 압록 건너 의주 선천 곽산 정주
경의선 귀경길이 천만근 더 버거웠죠.

세상과의 싸움에서 참패했던 지난 시절
아버지 오가던 옛길 되짚어가는 성지 순례
녹슨 철로에 순이 돋고 낡은 침목에 움이 트면
협궤가 광폭 되고 단선이 복선 되고
아픈 허리에 새살이 오르고

팔뚝만 한 잉어 떼 놀던 강물도 소리치며
역마다 어린 풀꽃 지천으로 필 거예요.

그리운 소식 먼저 보고픈 얼굴 먼저
민들레 흰 띠 위로 별이 되어 필 거예요.
무너진 역사(驛舍) 지붕 반짝이는 이슬 모아
철로도 저리 바삐 목욕 단장하잖아요.

5부

기도

선물을 받기 위해서는
먼저

손을
내밀어야 한다.

성가대 빈자리 앞
파이프 오르간처럼 엎드려서

새벽 내 바닥을
쓸다가 다시 펴는 저

천막 교회 등 굽은
할머니 더벅손.

무화과나무 아래의 회심
―아우구스티누스의 고백

저를 좀 바꿔 주십시오.
지금은 말고 조금 있다가요.
그때 내 나이 스물하고 둘이었어라.
스물하고 둘이었어라.

물소리 듣다 잠 깬 새벽
밀라노에 온 지 오늘로 몇 날인가.
무화과나무 아래 발가숭이 눈물 쏟으며 이번엔
왜 지금 아니고 내일 내일인가요.
탄식할 때 하늘엔 듯 꿈엔 듯 아이들 노랫소리
'들고 읽어라, 들고 읽어라!'

경전 펼치고 첫눈 들어온 곳 읽으니
오 빛이 있어라. 빛이 있어라.
'낮에와 같이 단정히 행하고
방탕하거나 술 취하지 말며……
정욕을 위하여 육신의 일을 도모하지 말라.'

등짝을 후려치는 장대 뿌리 소금기둥
먹장 걷고 해 비추니 섬광이 눈부셔라.
비로소 말문 트이고 귀 열리던 그날
내 나이 서른하고 둘이어라. 서른하고 둘이어라.

이토록 오래고 이토록 새로운

−아우구스티누스의 고백

1600여 년 전 일기를
읽다 잠든 저녁

내륙에서 나고 자랐으나 잔에 담긴 물을 보고도
바다를 상상할 수 있었는데
바다는 줄고 잔도 비고
내 집은 당신이 들어오기에 비좁으니 넓히옵소서.
무너질 것처럼 허름하오니 고쳐 주소서.

젖 먹고 잠 자고 울고 웃는 것마저 내 것은 없고
남이 가르쳐준 것뿐이니
갓난아이 이전의 나는 어디 있습니까.
나는 누구였습니까.
포도밭 너머 배나무에서 훔친 과일
몇 개만 맛보고 돼지우리에 던지면서
내가 얻으려 했던 건 무엇이었는지요.
스스로 멸망을 사랑했고 결함을 사랑했고
악함을 사랑했고 부끄러운 짓을 하면서도

부끄러운 줄 몰랐으니

이제 고백합니다. 세기를 거듭 지나
늦게야 발견합니다. 비로소 사랑합니다.
이토록 오래고 이토록 새로운 아름다움이여
당신, 한 권의 책이여 세계여
한 페이지의 여행이여

새벽을 두드리는
유리의 빛이여.

뿔난 짐승은 복이 있나니

풀만 먹고 사는 내게
웬 뿔?

육식동물에겐 없고
초식동물에게만 있는 것
새끼에게는 없고
성체에게만 있는 그것

날카로운 발톱 대신
발굽밖에 없는 내게
공격보다 도망 더
익숙한 내게

어금니보다 약하고
발톱보다 강한
뿔을 주셨구나
신은.

최초의 시

－경전 필사

이는 내
뼈 중의 뼈요
살 중의 살이라.

갈빗대로
쓴
그이의
첫 시.

깊고 푸른 밤

—경전 필사

그러므로

또 저녁이 되매

진실로

사랑하는 자에게는

단잠을 주는도다.

돕는 배필

－경전 필사

남자에게서
취하였은즉

여자라
부르리라.

첫
사람

첫
이름

비로소
채운

인류의
첫 단추.

아직 태어나지 않은 말

폴로니어스*처럼 그는 당부했지.
아주 익숙한 눈짓으로.

생각한 걸 입 밖에 내지 마라.
혀로써 생각하지 말고
생각한 뒤에도 함부로 움직이지 말고
행동한 뒤에도 입을 다물어라.
돛배에 바람을 불어넣는 것은
입이 아니다.
가시덤불에 불을 붙이는 것이나
지구를 돌리는 것도
혀가 아니다.

무엇보다
진짜 말은 아직 태어나지 않았다.

---

* 폴로니어스: 셰익스피어의 『햄릿』에서 햄릿의 실수로 목숨을 잃은 인물.

지상에서 천국까지

소변기가 세 개 있다.
몇 발짝 더 가서 세 번째 앞에 선다.
첫 번째는 너무 많은 세례를
받았으므로 비워 두고

버스에서 타고 내릴 때
문 앞자리는 비워 둔다.
나보다 급한 사람
금방 타고 내릴 것 같아

공원묘지 봉분이 여럿 있다.
입구에서 가장 먼 곳까지 가 눕는다.
걸음 늦어 천국에 지각할
뒷사람을 생각하며.

거룩한 손

빗방울 떨어지자 공원에서 놀던 아이들
황급히 집으로 간다. 한 아이가 돌아와
커다란 플라스틱 휴지통을 뒤집어놓고 들어간다.
"빗물 고이면 청소 아줌마 힘들까 봐……"
등에 묻은 빗방울 털며 환하게 웃는 손.

어린 날 마당 귀퉁이 사금파리 놀이하다
추녀에 비 들칠 때 댓돌 위에 비 맞고 누운
고무신 젖을까 봐 얼른 뒤집어놓고
손 지붕으로 가려주던 기억

철들고 마냥 설레던 날
젖은 나뭇잎에 써 보낸 편지 뒷장 같은 그것
아침 햇살에 선잠 깰까
여린 이마 부챗살로 가려주던 그것

어느 구름에서 비 내릴지 모른다며
세상일 하나씩 덮어두는 법도 배우라던

어머니 마지막 눈 감겨드리고
오래도록 거두지 못한 그 손.

새벽 기도

거대한 파이프 오르간
파이프가 수직음을 낼 때마다
도미노처럼 횡렬로 드러눕는 건반들.

오래된 길의 시, 신생의 말

손택수(시인)

> 모두 각자의 뿌리로 돌아간다
> 자기 뿌리로 돌아가는 것은 고요라고 알려져 있다
> ─노자, 『도덕경』에서

1. 듣는 독자

시에도 발성 기관이 있다. 그것은 비유가 아니다. 시의 성대를 통과한 말은 글로 옮겨진 뒤에도 그 고유한 특징을 희미하게나마 간직한다. 마치 옛 딱지본 소설의 책장에 묻어 있는 침방울처럼 텍스트 너머의 공간을 향해 소리 내어 쏟아져 나오던 최초의 활기를 인쇄 공간 위에 묻혀둔다. 이때의 말은 콘텍스트에 긴밀하게 비끄러매어져 있던 구술 문화적 세계관과 가치 그리고 창작 방식까지를 흔적기관처럼 품고 있게 된다. 그것은 한 인간의 문화적 성장과도 맥을 같이한다. 문자 교육을 충실히 받은 교양인의 언술 속에서도 우리는 문자를 내면화하기 이전의 말버릇이나 그를 성장시킨 고장 특유의 어조를 어렵지 않게 발견할 수 있다. 말끔하게 콘크리트를 친 국민국가의 표준 화법 가운데 드문드문 잡음처럼 뒤섞인 방언이나 복류천처럼 숨어 흐르는 탯말은 공식어의 포장재를 뚫고 돋아나는 풀잎의 뿌리다. 고두현 시인에겐 시의 성대를 진동케 하는 목젖이 있다.

> 큰집 뒤따메 올 유자가 잘 댔다고 몇 개 따서/ 너어 보내니 춥울 때 다려 먹거라. 고생 만앗지야/ 봄 볕치 풀리믄 또 조흔 일도 안 잇것나. 사람이/ 다 지 아래를 보고 사는 거라 어렵더라도 참고/ 반다시 몸만 성키 추스리라

낭송가들에게 특히 사랑받는 시 「늦게 온 소포」에 틈입한 모음 앞에서 독자는 견고한 숭문주의적 질서로부터 놓여나 인쇄 시각 공간 너머로 해방된다. 말하자면 '듣는 독자'로서 현장에서 시를 직접 듣고 있는 듯한 상상적 경험을 토대로 눈 내리는 어느 겨울 늦은 밤 어머니의 소포를 풀며 아득해하는 화자의 시적 공간 속으로 자연스럽게 스며들게 되는 것이다. 운 좋게도 나는 상상적 청자가 아닌 실제 청자가 되어 시인의 낭독으로 이 시를 접한 적이 있

다. 어느 북콘서트 현장이었으리라. 시인은 마치 고전적인 음유시인이 부활하기라도 한 듯 무대를 둘러싼 공간을 즉흥적인 소리의 페이지들로 재구성하였다. 소리로 번역된 활자가 공간에 식자되어 꿈틀거릴 때 잃어버린 고대의 시가무(詩歌舞) 복합체가 고분벽화를 뚫고 나와 현현하고 있었다고나 할까.

시가 음악과 춤의 상태에 근접한 이 이색적인 경험은 내게 호메로스 서사시의 무대인 트로이를 발굴한 고고학자 하인리히 슐리만의 자서전에 나오는 유명한 일화를 기억나게 했다. 슐리만은 젊을 때 한 주정뱅이 친구가 호메로스의 시를 줄줄 암송하는 것을 듣고 꽤나 깊은 감명을 받았던 모양이다. 그리스어를 한 마디도 알아들을 수 없었지만 그 리듬은 뜻을 넘어 소리의 힘으로 그의 가슴을 쿵쾅거리게 했고, 시원과의 뜨거운 접촉으로 마침내 이해를 넘어서는 교감 속에 눈물을 쏟게 했다. 그 교감이 잃어버린 고대 문명을 되찾는 긴 여정의 결정적 순간이 되었던 것이다. 극장을 나오며 나는 이 영감에 가득 찬 고고학자처럼 고대를 향한 못 말리는 이끌림을 예감하였는지도 모르겠다.

고두현의 시는 그래서 내겐 읽히면서 들린다. 나는 그의 시 앞에서 눈과 귀를 다 활용하는 황홀한 경험을 한다. "훌륭한 독자가 당연히 시를 글로써 제시된 하나의 작품으로 받아들여 시의 글 자체에만 관심을 경주한다 해도 시인의 음성은 여전히 말로써 빛을 발하며 아무리 멀리서도 그 소리는 들려오는 것"(필립 윌라이트, 김태옥 옮김, 『은유와 실재』, 문학과지성사, 1982, 51쪽)을 거듭 확인한다. 기실 시의 소리 체험은 창작 현장에선 가장 오래된 습작법의 하나로 통한다. 한 편의 시를 점검할 때 소리 내어 읽는 방식을 통해 퇴고를 하며 그것이 여의치 않은 상황일 땐 입술을 움직여 묵독이라도 할 수 있어야 한다. 시인은 이성이 미처 인지하지 못한 미세한 덜컹거림을 몸의 감각으로 포착할 수 있다. 그것은 작시술의 핵심이기도 하다.

특별히 기교를 부리거나 행갈이를 바꾸거나 하지도 않았다. 그냥 자연의 몸이 보여주는 걸 보고 옮긴 것이다. 다만 운율과 말맛은 중시했다. 노래로 치면 나지막하게 읊조리는 정도랄까, 그랬다

─「나는 이곳에서 이 작품을 썼다」,《경남문학》, 2005
겨울호)

'자연의 몸'을 받아쓰는 필경사로서 그가 중시한 건 '운율과 말맛'으로서의 귀에 친근한 언어 형식이다. 높은 음이 아니라 '나지막하게 읊조리는' 저음은 사물 세계와 일상의 말을 더 잘 받아쓰기 위한 경청의 자세라고 볼 수 있을 것이다. 이처럼 고두현의 시에서 구술문화시대의 흔적으로서 근대시가 잃어버린 '시가'의 동거를 목격하는 건 매우 흔한 일에 속하는데 그것은 "장진주사 마지막 구에서/ 악

보 덮고 먼 산을 보네" 같은 고전적 「가사 읽는 저녁」의 시간대를 그가 체화하고 있기 때문이 아닌가 싶다. 왜 하필 '가사'이며 '저녁'인가. 리듬은 기억을 환기하고 소멸의 시간대는 부재하는 것들에 대한 그리움을 낳기 때문이다. 시는 본디 언어적 지표 너머의 부재의 눈짓들에 민감한 형식이다.

2. 고대와 고향 그리고 고전의 울림

고두현 시의 부재는 '고대'와 '고향'과 '고전'이다. 대척점에 있는 현대의 도시 문명을 생각할 때 시인이 들고 있는 트라이앵글은 오늘의 삶과 연결되지 않는 불완전한 삼각형이라고 할 수 있다. 그런데, 결락된 이 틈으로부터 노래가 흘러나온다. 부재하는 세계와 가치 그리고 궁핍으로 얼룩진 가족사의 그늘들로부터 길어 올린 시편들을 주마간산 식으로 거칠게 갈무리하면 이렇다. (이 흐름에 연속과 변화가 있겠으나 통시적 살핌은 전문 영역에 맡긴다. 첫 시집 『늦게 온 소포』로부터 제2시집 『물미해안에서 보내는 편지』 그리고 3시집 『달의 뒷면을 보다』를 나는 한 권의 시집으로서 읽겠다. 평생 한 권의 시집 『풀잎』을 끝없이 퇴고하고 개작한 시인 휘트먼의 시집이라도 읽듯이.)

우선 고두현의 상고사를 따라가 보자. 이 여정에 나침반은 필수다. "밭두렁 따라 그리운 옛 이야기/ 먼 부여 적 콩깍지가 목책의/ 울타리 밖에 혼자 펄럭이는"「책성의 목책 울타리」와 "슬픔의 밑둥에선 어떤 소리가 나는지/ 숨 닫고 말문 막힌 땅 끝에선/ 어떤 웅얼거림이 울려오는지/ 마침내 빈 몸으로 귀 맑게 듣기 위해" 고른 「발해 금(琴)」이 첫 시집의 N극이라고 할 수 있다. 이 시절의 시는 "유약 바르지 않은/ 다갈색 질그릇 빛"(「발해 자기」)을 닮아 있다. 넘치는 발상과 재기, 표현동기에 지배받기 쉬운 젊은 시인의 열정을 차분하게 다스려준 힘은 무엇이었을까. 수사를 방법적으로 저만치 여읜 수막새기와 조각들 같은 유물들을 통해 그가 기억하고자 하는 세계는 민족주의적 동일성의 신화가 아니라 "말갈이나 여진의 아들딸이 숨어와/ 몸을 적시고 아버지의 농기구가/ 녹스는 저녁에도 빈 곳간 아궁이로/ 곰솔가지 타는 연기"가 오르던 국가기구 구성 이전의 호혜적 선주민 공동체다.

첫 시집에서 선보인 이 고대의 청동거울은 두 번째 시집에 와서 "꽃의 끝에는 고요보다 깊은 적멸/ 먼 왕조 연못 가로/ 발묵(潑墨) 번지는 풀 이끼"(「화문(花紋) 기와」)의 상상력을 펼쳐 보인다. '고요보다 깊은 적멸'은 과거와 현재와 미래 식의 직선적 시간대를 뛰어넘는 생명의 시간대와 만난다. "적막강산 짙어지고 신화 속으로 들어간다"(「바다로 가는 그대」)는 선언과 함께 읽는 북방 시편들은 "아아 누가 이 밤에/ 돌을 깎는 소리/ 캄캄한 빛을 쪼아/ 칠흑 하늘에 박는가"(「저 별을 잊지 마라」)에서 보이듯 돌을 별로 전환하는 연금술적 고행이 그의 시업이었음을 짐작케 한다. 상고사를 향한 여정은 1980년대의 문학적 자양분이 된 현실주의적 상상력과 실험적 언어관 혹은 1990년대를 풍미한 포스트모던과 생태주의 혹은 주체의 재발견 같은 화려하게 휘몰아치다 명멸해간 시단의 외풍을 개관할 때 매우 고적한 공간이라고 할 수 있다. 유행하는 문학의 좌표 어디에도 쉬 노정되지 않고 외로움을 자처한 그의 묵묵한 외길이 북방으로 향한 시선을 남녘으로 돌릴 때 우리는 남해에 당도하게 된다.

남해는 남해라는 행정 기호로는 담을 수 없는 개인사의 시원을 향한 탐색으로 이어진다. 어찌 그의 고향 마을을 그냥 지나칠 수 있을까. 세 번째 시집에 실린 「정포리 우물 마을」이 바로 시인의 탯자리다. 공간과 시간이 인간을 만나 교감하는 장소의 혼이 서린 그곳은 "흙에서 와 흙으로 가는/ 물처럼 바람처럼 강처럼 바다처럼/ 스스로 길이 되어 흐르는 사람들"의 땅이다. 또한 그곳은 "윗물과 아랫물이 서로 껴안고/ 거룩한 몸이 되어 반짝이는 땅// 봄마다 다시 돋는 쑥뿌리 밑으로/ 우렁우렁 물이 되어 함께 흐르며/ 연초록 풀빛으로 피어나는 사람들"이 살고 있는 곳이다. 물, 바람, 흙 같은 자연의 원소들을 닮은 그들은 '윗물과 아랫물'의 계급주의 혹은 지배와 종속을 벗어난 시원의 시간대를 펼쳐 보인다.

각별히 눈여겨볼 것은 우물마을의 삶의 방식이 정주가 아니라 이동성을 품고 있다는 점이다. 우물은 그 자리 그대로 있으나 멈추지 않는 흐름을 통해 생명수가 된다. 모든 사랑이 그러한 것과 같이 그것은 동사로서의 정주다. 그런데 이 우물 공동체의 세계엔 어떤 결핍의 자리가 있다. 세 번째 시집의 해설에서 이승하는 "아버님 생의 스토리가 집약되어 있는 시는 「미완의 귀향」일 터인데, 이 시에 대한 감상은 독자의 몫으로 돌려놓겠"다고 했다. '독자의 몫'은 해설자가 시인에게 넌지시 남겨놓은 과제이기도 할 것이다. '미완의 귀향'으로서 오늘, 여기의 삶을 가리키며 그 여정을 멈추지 않고 있는 시. 고두현 시의 떨리는 S극이다.

고대와 고향을 향한 열정이 양식화된 것이 고전이라고 할 수 있다. 고두현은 누구보다 인유에 능한 시인이다. 그의 등단작이 서포 김만중을 화자로 한 「남해 가는 길—유배시첩」이었음을 새삼 기억할 필요가 있다. 고전을 복고창신하는 인유적 작시술은 '유배시첩' 연작의 화자로부터 시작하여 이번 시집의 경우 시인 묵객들을 퍼소나로 한 일군의 시편들까지 다채롭게 펼쳐져 있다. 이 시집 2부에 집중적으로 실린 예술가 시편들과 어깨를 나란히 한 3부의 소시민적 당대 일상을 그린 풍경들에서도 풍요롭게 엿볼 수 있는 바다. 이 시편들은 노래와 이야기, 사실과 허구의 경계선을 자유자재로 넘나든다. 서정시의 개별적 독백 화자

가 아닌 다중적 화자들을 초대함으로써 단조로운 시의 주
관적 구성에 탄력을 부여하고 있는 이 같은 방식은 시의 변
경이면서 새것 콤플렉스에 빠진 한국시의 변경이기도 하다.

그가 태어난 남해 설천 문항리
집은 없어지고 옛터 위로 찻길이 나 있었네.

그때 사립문 밀고 나간 신발은 어디로 갔을까. 만세 운동
아버지 거제로 하동으로 쫓겨가던 길섶마다 고무신 자국 오
종종종 따라 걷던 어린 신발, 여수 광양 망덕포구 양조장집
댓돌에서 동래고보 연희전문 누상동 북아현동 노숙의 밤
함께 지샌 기룬 신발,

학병 갈 때 맡긴 동주 원고 어머니 마루 밑에 감춘 사연,
전장서 죽었다 돌아온 날 깜깜한 항아리 속 불 밝히며 웃던
신발, 제 책보다 동주 시집 먼저 내고 부산대 서울대 하버
드 파리대 오가면서 한국문학 브리태니커백과에 등재하고,
두 다리 한번 뻗어보지 못한 그 신발 없었다면 국어국문학
회며 시조문학사전 국문학산고 한국고전시가론 다 없었을
테니

백 년 전 그 길 따라 나도 함께 걸었던가. 남해 서면 우물
지나 상주 금산 삼동 물건 코 묻은 미투리로 포항 마산 서

울 간도 도쿄 교토 오사카 후쿠오카 역사의 고비마다 한 백
년 콕콕 구두점을 찍어가며, 빛바랜 신발 자국 맨발을 맞대
보다 백고무신 옆구리에 비친 옛집 처마의 푸른 그늘을 만
져 보다

　눈 덮인 시내에 글 읽는 소리 미끄러지듯 코 닳은 신발
끝에 허리 낮춰 몸 치수 재듯 설천면 문항 마을 흰 손을 마
주 잡고 흥얼흥얼 흔들면서 은하수 물길 너머 한세상 다시
찾아 떠나기도 하였던가.
　　　　　　　－「신발이 지나간 자리－정병욱의 이력(履歷)」 전문

　국문학자 정병욱과 윤동주의 이야기가 리듬에 실려 흘
러나온다. 자칫 지식과 정보의 나열로 전시되기 쉬운 다큐
멘터리적 구성을 시적으로 통어하는 힘이 바로 내레이터
를 자임한 시인 특유의 어조와 리듬이다. 또한 이력에 담
을 수 없는 '어린 신발'의 이미지가 공식적 생애의 이면에
잊히기 마련인 구체적 삶의 장면들을 호명해준다. 비록 집
은 없어지고 옛터를 질주하는 굉음이 가득한 도로 한가운
데서 '빛바랜 신발 자국'에 맨발을 맞대보는 동화의 과정을
통해 시는 발화의 복수성을 획득한다. 서정의 순간이 노래
하는 주체의 서정으로 그치는 것이 아니라 기억해서 마땅
한 순간들을 호명함으로써 교술적이고 서술적인 삶의 장
면들이 서정화 되는 가능성을 문득 열어놓고 있는 것이다.

여기서 시인은 짓는 자가 아니라 지음을 매개하는 자다. 세계와 사물과 인간의 말을 경청하면서 그들의 전언을 받아쓰고 전달하는 데 시인의 역할을 낮추는 일은 표현동기의 일방적 주관성에 대한 성찰이 담겨 있기에 가능한 일이다. 정조 시대 문체반정의 시인 이옥은 "그 사람에 가탁하여 장차 시가 될 적에, 물 흐르듯이 귀와 눈을 따라 들어가 단전 위에서 머물다가 줄줄 잇달아 입과 손끝으로 따라 나오는 것으로, 그 사람의 주관에 의한 것이 아니다"라고 했는데 고두현 시학의 반정이라고 할 수 있을까.

인간을 소진시키는 산업화가 진행되면서 전통적 가치들이 멸각하는 과정 가운데 하나가 바로 구술적 전통을 잇는 노래와 이야기꾼의 소멸이라는 현상이다. 그것은 노래와 이야기를 들어줄 수 있는 너그러운 삶의 분위기, 인간적 공동체의 박탈과 관계가 있다. 진정한 노래와 이야기란 살아있는 경험지혜 속에서 나온 것이어야 하는데, 기술자본 사회의 지식정보는 서로의 경험과 지혜를 교환하는 일을 불가능하게 만든다. 이번 시집의 배역시나 이야기시들이 지닌 함의가 여기에 있다.

3. 변경의 상상력에서 타자 지향으로

고두현의 시는 변경에서 온다. 변경으로서의 고대와 고

향과 고전적 상상의 지리학은 '영혼의 밑바닥'을 들여다본 소멸의 경험과 관계가 있는 것으로 보인다. 한 작가의 탄생을 알리는 원체험으로서의 심연은 생과 사의 접경지역에 뿌리를 내리고 있다.

　　가포 요양원에 있는 동안 비로소 '영혼의 밑바닥'을 들여다볼 기회가 있었다. 시대의 굴곡 앞에서 이리저리 헤매던 어쭙잖은 문장이 조금씩 달라지기 시작했다. 생과 사의 접경지역을 밟아본 뒤에 새로 발견한 지평이랄까. 바로 코앞의 역사에서 더 근본적인 뿌리의 역사까지로 시야가 확대된 것도 이 무렵이었다.

　　　　　　　　　　－「나의 문학 자전」 중, 《시와시학》 2005 겨울호

　　결핵요양소로 결핵문학의 장소지리를 한국문학의 장에 기입한 마산의 가포에서 겪은 죽음 체험이 문학적 회전을 하는 계기가 되었음을 알 수 있는 고백이다. 인간 존재의 근원적 결핍과 불안, 존재의 불구성에 대한 강렬한 체험으로부터 오는 '근본적인 뿌리의 역사'에 대한 탐구는 기수역에 머무는 동안 '나는 바다장어인가 민물장어인가' 같은 아이덴티티의 물음에 빠진 「장어의 일생」으로 비유되기도 하고, "선대 가산 한데 모아 경원선 철길 타고/ 원산 함흥 김천 청진 북관의 단선 열차/ 강 건너 간도까지 한달음에 갔던 그 길/ 꿈꾸던 기둥은커녕 학교 터도 다 못 닦고/ 몸

버린 채 절망했던 그 밤은 처연했죠./ 돌아올 때 압록 건너 의주 선천 곽산 정주/ 경의선 귀경길이 천만근 더 버거웠죠"(「철로역정(鐵路歷程)」 중) 같은 가족사의 시원을 민족사의 맥락으로 겹쳐진 채로 돋을새김하기도 한다.

특히, 국치 이후 유랑으로 풍찬노숙의 삶을 살다 귀국하였으나 고향 땅에 돌아온 뒤에도 여전히 귀향을 완성하지 못한 채 유이민의 신산한 세월을 곱씹고 있는 아버지의 삶과 만남으로써 시인은 '꿈꾸던 기둥은커녕 학교 터도 다 못 닦'고 실패한 세계를 시의 영토로 선언하고 있는 것처럼 보인다. '뿌리의 역사'를 향한 천로역정 끝에서 마주한 아버지의 변경인 간도(間島)가 시의 간도로 옮겨온 사정을 나는 그렇게 읽는다.

변경을 사는 시인은 경계인일 수밖에 없다. 국경과 국경 사이에 존재하는 변경으로서의 섬, 섬으로서의 시적 인간에게 경계는 선이 아닌 면이다. 그래서 경계인은 0과 1 사이에 무수히 많은 가치들을 긍정한다. 이것이나 저것을 일도양단식으로 선택하고 강요하길 좋아하는 사회에서 이런 태도는 환영받지 못하겠지만 그는 0과 1 사이의 무수한 타자들을 환대하는 자로서 0과 1이 살 수 없는 무한을 누릴 수 있다. 그리하여 시인은 인간 중심의 에토스를 이루는 세속적 휴머니즘을 넘어선다. 그것은 애써 익힌 세속적 관념을 지움으로써 천지 만물에 예민하게 반응하고자 하는 자세이기도 하다.

발밑 어두운 줄 모르고
고개 빳빳이 들고 다니다
바삭,
서릿발
밟은 아침

아뿔싸,
지금
땅속으로
막 동면할 벌레들
숨어드는 때 아닌가.

- 「상강(霜降) 아침」 전문

인간과 비인간의 완고한 경계가 순간적으로 무너지는
날렵한 감각이 돋보이는 시다. 그냥 서리가 아니라 하필
'서릿발'인 것은 서리를 밟는 일상적 행위가 타자의 발을
밟는 낯선 느낌을 환기하도록 하기 위해서다. 이 타자성
은 자연스럽게 동면에 드는 벌레들의 처지에 대한 근심으
로 이어진다. 나열된 일상의 포도를 밟는 습관이 '바삭'하
는 순간적 경험과 함께 '아뿔싸' 하는 성찰을 부르면서 '고
개 빳빳이' 쳐든 수직적 우월감으로부터 풀려나는 화자를
엿볼 수 있다. 여기서 시인은 감정이입적으로 측은지심을

투사하지 않는데, 타자와 참으로 소통할 수 없는 자신의
한계를 참되게 마주하기 위한 신음으로서의 감탄사 '아뿔
싸'가 선택된 이유이기도 하겠다. 알 수 없는 차원의 그늘
을 비로소 겸허하게 받아들이는 이 막막한 순간으로부터
기계적 교감이 아닌 공명이 시작된다. 그것은 언뜻 붓다의
유년 시절 풀이 뜯겨나가고 벌레들이 죽어 나가는 쟁기질
을 본 뒤에 느낀 슬픔의 장면을 연상시킨다. 피조물의 고
통이 가슴을 뚫고 들어오게 하는 슬픔의 분출에서 붓다
는 망아 상태의 환희를 경험했다고 한다.

　현대사회에선 소외된 공유적 감각의 깨어남을 통해 인
간중심적 주체는 무너지고 미물들과 우애를 나눌 줄 아
는 관계하는 주체가 회복된다. 탈자적 공명을 가능케 하
는 이 같은 관계 맺기가 오래된 미래로서의 시의 지혜다.
지혜는 라틴어로 'spere' 즉 '음미하다', '맛보다'는 뜻이다.
현명해진다는 것은 대상에 마음과 감각을 주는 행위다. 작
고 희미한 것을 들여다보고 보이지 않는 것들과 소통할 때
시는 세계의 은유이고 은유로서 세계를 대변한다.

　　빗방울 떨어지자 공원에서 놀던 아이들
　　황급히 집으로 간다. 한 아이가 돌아와
　　커다란 플라스틱 휴지통을 뒤집어놓고 들어간다.
　　"빗물 고이면 청소 아줌마 힘들까 봐……"
　　등에 묻은 빗방울 털며 환하게 웃는 손.

어린 날 마당 귀퉁이 사금파리 놀이하다
추녀에 비 들칠 때 댓돌 위에 비 맞고 누운
고무신 젖을까 봐 얼른 뒤집어놓고
손 지붕으로 가려주던 기억

철들고 마냥 설레던 날
젖은 나뭇잎에 써 보낸 편지 뒷장 같은 그것
아침 햇살에 선잠 깰까
여린 이마 부챗살로 가려주던 그것

어느 구름에서 비 내릴지 모른다며
세상일 하나씩 덮어두는 법도 배우라던
어머니 마지막 눈 감겨드리고
오래도록 거두지 못한 그 손.

—「거룩한 손」 전문

거룩함은 어떻게 실현되는가. 이 시에서 사물은 그냥 사물이 아니다. 사물과 마음이 관계할 때 플라스틱 휴지통은 도구의 역할을 벗고 '등에 묻은 빗방울 털며 환하게 웃는 손'의 숭고한 감각을 불러온다. 일상의 먼지 속에 파묻혀 있던 유년의 잃어버린 기억과 성장기의 설레는 추억이 살아나고 고무신과 나뭇잎 같은 소소한 사물들마저 화자의 안팎을 성화한다. 이 과정은 세상일에 매여 사는 에고를 정화하는 과정이기도 하다. 그리하여 한낱 휴지통으로 출발한 명상이 육친과의 이별이라는 적멸의 공간까지 이어진다. "어머니 마지막 눈 감겨드리고/ 오래도록 거두지 못한 그 손"의 죽음 의식을 회복할 때 시 쓰기는 일종의 제의와 같다. 모든 제의가 회귀를 통한 변화의 성스런 기획이듯이 제의로서의 시 쓰기를 통해 시인은 자아의 변화를 이야기한다. 모두가 비를 피하기 위해 돌아간 텅 빈 공원에 혼자 돌아와서 청소 노동자의 불편을 염려하며 휴지통을 뒤집어놓고 가는 아이의 초상이 시인과 겹치는 이유일 것이다.

4. 국가 너머의 신국, 최초의 말을 찾아서

새로움도 사회적 구성물이다. 기존에 알고 있던 가치가 전도되고 재맥락화 될 때 새로움이 나타난다. 뒤샹이 변기를 갤러리에 전시한 이후 이전과 달리 일상의 오브제, 레디메이드가 예술작품으로 가능해졌다. 이른바 개념미술이 출현한 것이다. 이제 예술과 예술 아닌 것의 근본적인 차이는 사라지게 되었다. 새로움의 경계선은 계속 이동하는데, 타자에 접근하는 길을 열어준다. 그러나 새로움은 그냥 타자가 아니라 언제나 가치 있는 타자다. 단순한 차이

와 달리 새로움은 사회적 기억 속에 보존된 옛것과 새로
운 관계를 맺으며 문화적으로 지속적인 운동을 한다. 그래
서 "모든 새로움은 아카이브들 덕택에 가능해진 역사적 비
교를 통해 낡음과 어느 정도나 구분되는가에 따라 규정된
다."(보리스 그로이스, 『새로움에 대하여—문화경제학시론』, 53쪽)

고두현은 모두가 새집을 향해 질주하고 있을 때 「헌 집
에 들며」 시간의 퇴적 무늬를 보여주었다. "마른버짐 흠집
난 천장/ 오래 낡은 창틀 구석/ 새로 사온 고려화학 〈누
구나 페인트〉로/ 화사하게 색칠하다 보면 우리도 언젠가
는/ 또 다른 덧칠에 묻혀 지워지고 말겠지만/ 켜켜이 쌓아
온 지난 세월과 함께/ 새로운 먼지들이 이 집을 다시 채우
리라." 첫 시집의 출사표에서 제시한 '새로운 먼지'는 일상
의 소진을 웅숭깊은 시간대로 열어놓는다. 그것은 풍화마
저 건축의 일부로 받아들이고 과거의 기억을 생성되는 현
재로서 수용하며 피할 수 없는 소멸의 운명을 겸허하게 수
용하는 태도를 낳는다. 고두현의 시에서 과거는 지나가 버
린 시간이 아니라 풍화를 통한 새로운 생성의 시간대로 열
려 있는 것이다.

이번 시집에서 그것은 「오래된 길이 돌아서서 나를 바라
볼 때」와 「정년 직전」에 소개된 시인의 근황으로 이어지면
서 획일적 질서에 옭매인 삶의 대안을 찾고자 하는 의지로
육화된다. '오래된 길'은 물가에 비친 나뭇가지의 리듬을
따라 흔들리다가 바깥 먼 항로의 꿈을 꾸며 확고부동했던

길을 의심한다. 마침내는 정년 직전 골목길로 다니는 연습을 다시 한다. 강박적으로 명멸하는 신호등의 지시에 더는 화들짝거리지 않고 발목 또한 접질릴 일 없는 보법은 시인으로선 드물게 삶을 소진시키는 세계에 대한 노여움을 저변에 깔고 있다. 그의 시로선 이례적이라고 해야 할 이 비판적 인식의 노출은 절제된 방식으로 형상화되고 있으나 연속과 변화를 갈무리하는 마디로부터 뻗어 나온 새 줄기가 아닌가 한다.

지쳐 퇴근하던 길에
망고를 샀다.

다 먹고 나자
입안이 부풀었다.

저 달고 둥근 과즙 속에
납작칼을 품고 있었다니

아프리카로부터
여기까지 오는 동안

노예선을 탔구나.
너도.

망고가 품은 납작칼처럼 이 시 또한 예리하게 벼린 칼을 숨기고 있는데 그것은 소진된 나의 삶과 망고가 겹쳐지는 순간 드러난다. 망고의 달콤한 과즙이 제국주의 노예선의 이미지와 병치될 때 '망고의 씨'가 '망고 씨(氏)'를 환기하면서 자연스럽게 동시대 소시민의 일상에 대한 성찰을 거울처럼 마주하게 된다. 소진된 인간은 단순히 피로한 인간과 달리 체제의 질서가 작동하여 회복되는 걸 금지한다. 일상을 움직이는 자동적 리듬이 더 이상 실현될 수 없도록 중지시킴으로써 극도의 단절감과 절망감 그리고 무기력감 속에 신생의 토대를 마련한다. 철학자 들뢰즈는『소진된 인간』에서 '소진은 모든 가능성과의 단절이라는 의미에서 절망의 상태이거나, 새로운 생성을 향해 나갈 수 있는 무(無)의 지점이라는 의미에서 시작하기 바로 전의 상태'라고 했다.

이 소진의 가능성을 시인은 이렇게 노래한다. "갓난아이 이전의 나는 어디 있습니까./ 나는 누구였습니까./ 포도밭 너머 배나무에서 훔친 과일/ 몇 개만 맛보고 돼지우리에 던지면서/ 내가 얻으려 했던 건 무엇이었는지요./ 스스로 멸망을 사랑했고 결함을 사랑했고/ 악함을 사랑했고 부끄러운 짓을 하면서도/ 부끄러운 줄 몰랐으니// 이제 고백합니다. 세기를 거듭 지나/ 늦게야 발견합니다. 비로소 사랑합니다./ 이토록 오래고 이토록 새로운 아름다움이여."

'아우구스티누스의 고백'이라는 부제를 단 「이토록 오래고 이토록 새로운」의 '훔친 과일'은 성인이 비판한 로마제국으로 우리를 인도한다. 아우구스티누스는 로마제국이 기독교를 국교로 삼았기 때문에 멸망했다는 비판에 대해 제국 그 자체의 부패에서 원인을 찾았다. 애당초 전쟁과 도적질을 통해 획득한 지배에 정의가 없었기에 멸망했다고 했다. 아우구스티누스 『신국론』의 배경이 된 에피소드에 기대자면 이렇다. 어떤 해적이 붙잡혀 와서 왜 바다를 어지럽히느냐고 물었을 때 해적은 주눅 들지 않고 폐하가 전 세계를 어지럽히는 것과 같다고 말한다. 폐하는 대함대로 하시기 때문에 황제라고 불리고, 자신은 작은 배로 하기 때문에 도적이라 불리는 차이가 있을 뿐이라는 것이었다. 아우구스티누스가 말하는 신국은 이 같은 도적질로 멸망한 로마제국과 같은 국가기구에 대항하는 의미로서의 나라였던 셈이다. 오랫동안 고전과 고대와 고향의 삶을 향해 역방향으로의 진화를 내연기관처럼 품고 있었던 시가 도달한 시의 영토는 자연스럽게 노예화된 삶의 너머에 있는 신국(神國)의 말과 함께한다.

신국의 세계를 시인은 오래전 이미 이미지로 선보인 바 있다. 가령, 첫 시집의 서시 「빗살무늬 추억」의 "청동 바람이/ 종을 때리고 지나간다/ 화들짝 놀란 새가/ 가슴을 친다" 같은 구절과 세 번째 시집에 실린 「운석의 고향」에서의 "맨발로 걷다가/ 팥알만 한 돌조각이/ 밟힐 때마다/ 지구

반대쪽 어딘가/ 운석의 고향이 궁금해진다"같은 구절이 그것이다. 고대에서 불어오는 청동의 바람이 운석이 되어 신체의 감각을 깨우고 그 경이를 돋을새김할 때 천체와 신체와 문체는 상호 교감적 리듬 속에 놓인다. 시인의 시는 비루한 일상의 자리에 비일상의 시간대, 우주적 신화의 시간을 옮겨오는 일이기도 하다.

생의 첫 장면은 종종
믿을 수 없는 순간 펼쳐진다.

보리 흉년 젖배 곯던
명절 코앞 신새벽
하필이면 주인집 만삭

같은 용마루 아래
두 산모 해산 못 해
안채서 먼 마구간

소가 김을 뿜을 때마다
하얗게 빛나던 짚풀더미와
쇠스랑의 뿔

송아지 옹알이하며

구유 곁에 희부윰

드러눕고

그 짧은 부싯돌로

문틈 비추며 기웃

들여다보던 달빛.

－「내가 마구간에서 태어났을 때」 전문

시인과의 대화를 통해 확인한 이 경이로운 출생담엔 '보
리 흉년 젖배 곯는' 가난이 있다. 주인집과 해산일이 겹치
는 걸 금기시하는 속설에 따라 안채로부터 추방당한 자의
비애가 있다. 가난과 비애를 품은 탄생의 공간은 마구간이
다. 이 참담한 시원을 시인은 설화적 공간으로 전환한다.
여기서 주인과 세든 자의 위계질서, 인간과 짐승의 서열이
무너진다. "소가 김을 뿜을 때마다/ 하얗게 빛나던 짚풀더
미와/ 쇠스랑의 뿔"의 안온한 이미지는 탄생의 기쁨을 병
리화하는 근대 산과학의 차디찬 전기 빛과 겸자로선 상상
할 수 없는 성스러운 분위기 속에 펼쳐진다. 달빛이 동방
박사처럼 찾아든 마구간은 그래서 어둠과 악취와 비위생
마저 사랑의 공간으로 바꾼다. 기원에 있는 가난과 비애가
신생의 조건이었음을 고백할 때 왜 우리는 고두현의 시가
시원을 향한 지향성을 갖게 되었는지를 이해하게 된다. 시
인은 기원을 향해 끝없이 회귀함으로써 사랑의 원체험으

로서의 현존과 마주하고 그 창조적 에너지와 함께 영원한 복귀로서의 꿈을 육화하고 있다고 하겠다. 고두현에게 회귀는 곧 회복이다.

5. 제의로서의 말

시인에게 자연과 사물과 언어는 도구나 대상의 지위를 넘어서 있다. 의자가 실용적인 용품에 지나지 않는다면 용도가 다했을 땐 폐기되고 말 것이다. 그러나 의자에 추억을 입히거나 그 뿌리를 더듬어 나무와 숲의 세계를 묵상하거나 앉는 대신 꽃을 얹어놓으면 의자는 함부로 할 수 없는 독립적인 존재가 된다. 이것이 일상의 배열 원리를 재구축하는 시의 정서적, 미적 기능일 것이다. 시는 인간에 의해 제작된다는 점에서 도구와 같지만 특정 용도를 갖고 있지 않는다는 점에서 자족성을 지닌 사물과 유사하다. 그 사물은 생명이 없는 물건이 아니라 함께 이 행성의 숨결을 나누는 우애의 관계 속에 놓인다.

연필은 내게 글씨를 쓰고 그림을 그리는 도구로만이 아니라, 하나의 점을 찍고 그 점에서 다음 점으로 선을 긋는 일종의 '제의(祭儀)용 성물(聖物)'로 여겨졌다. 그래서 문장을 완성하고 나면 일부러 침을 묻히고 꾸욱 힘을 주어 마침표를 찍었다. 물론 요즘처럼 흑연의 성능이 좋지 않아 혀에 댔다가 써야 글씨가 진하게 나오는 탓도 있었지만, 그래도 나는 내 몸의 한 부분에 신성한 연필의 심촉을 적셔서 글을 쓴다는 그 느낌을 은밀하게 즐겼다.

－「나의 문학 자전」, 《시와시학》, 2005 겨울호

고두현 시인의 성장기 고백은 필기문화 시대의 특징 중 하나인 '구술필기(dictation)'의 장면이다. 구술문화 단계와 인쇄문화 단계의 과도기에 존재하는, 즉 '말하듯이 글을 쓰는' 이 특별한 필기 방식을 나는 고두현 시의 상징으로서 읽는다. 흑연도 노트도 질이 좋지 않았던 궁핍의 시절 일부러 '침'을 묻혀 글을 쓰는 행위는 사물로서의 연필의 지위를 '성물'로 격상시키며 글쓰기를 '제의화'한다. 체액을 잉크로 한 이 글쓰기 신체가 보여주는 「깊고 푸른 밤」의 경전 필사를 오래 곱씹어본다. "그러므로／ 또 저녁이 되매// 진실로// 사랑하는 자에게는／ 단잠을 주는도다."

시인수첩 시인선 085

오래된 길이 돌아서서 나를 바라볼 때

ⓒ 고두현, 2024

초판 1쇄 발행 2024년 3월 20일
초판 2쇄 발행 2024년 5월 6일

지은이 | 고두현
발행인 | 이인철

펴낸곳 | (주)여우난골
주   소 | 서울특별시 강남구 언주로30길 27. 606호 (도곡동 우성리빙텔)
전   화 | 02-572-9898
팩   스 | 0504-981-9898
등   록 | 2020년 11월 19일 제2020-000328호

블로그 | blog.naver.com/seenote
이메일 | poetmemo@naver.com

ISBN 979-11-92651-25-5 03810

* 파본은 구매처에서 바꾸어 드립니다.